Vida de paraguas

y otras poesías

Martín, María
    Vida de paraguas / María Martín; ilustrado por Cynthia Orensztajn.
- 1ª ed. - Ciudad Autónoma de Buenos Aires: Uranito Editores, 2014.
    48 p. : il. ; 24 x 21 cm - (Poética)

    ISBN 978-987-703-030-3

    1. Narrativa Infantil Argentina. 2. Cuentos. I. Orensztajn, Cynthia,
ilus. II. Título.
    CDD A863.928 2

Edición: Anabel Jurado
Diagramación: Claudia Anzilutti
Ilustración: Cynthia Orensztajn

© 2013 *by* María Martín
© 2013 *by* EDICIONES URANO S.A. - Argentina
Paracas 59 - C1275AFA - Ciudad de Buenos Aires
info@uranitolibros.com.ar / www.uranitolibros.com.ar

1.ª edición

ISBN 978-987-703-030-3
Queda hecho el depósito que establece la Ley 11.723

Impreso en Gráfica Pinter
Diógenes Taborda 48/50 - CABA
Febrero de 2014

Impreso en Argentina. *Printed in Argentina*

María Martín

Vida de paraguas
y otras poesías

Ilustraciones:
Cynthia Orensztajn

URANITO EDITORES
ARGENTINA - COLOMBIA - CHILE - ESPAÑA
ESTADOS UNIDOS - MÉXICO - PERÚ - URUGUAY - VENEZUELA

VIDA DE PARAGUAS

y otras cuestiones

No sé si estoy confundido
de confundido que estoy.
¿Soy un paraguas perdido
o qué cosa es lo que soy?

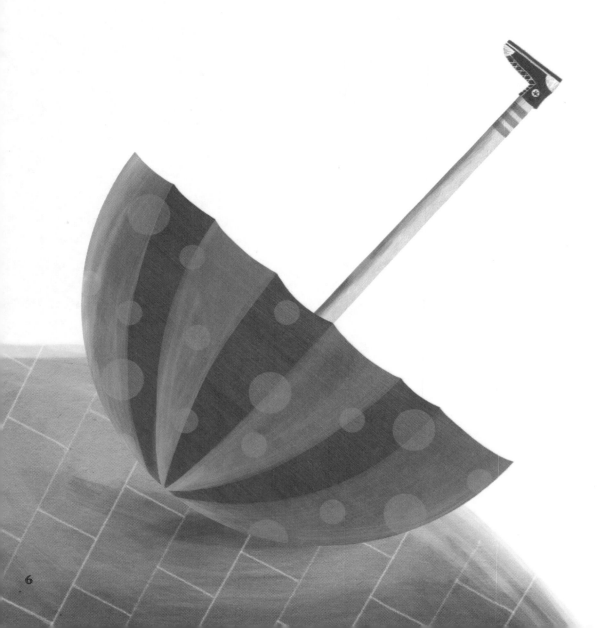

I

Soy un paraguas tirado,
solitario, en la vereda.
Cuando alguien pasa a mi lado,
se hace más larga la espera.

Vengo de un lugar lejano,
pero no sé bien de cuál.
Solo recuerdo las manos
y que ninguna era igual.

Alguna vez fui sombrilla
y otras tantas fui bastón.
Abro o cierro mis varillas
según sea la ocasión.

Me acostumbré a los olvidos,
aparezco en cualquier parte,
ya sea despierto o dormido
y hasta una vez, ¡viajé a Marte!

Si quieren cuento mi historia
y si no, la cuento igual.
Gira y gira mi memoria
sobre un buen eje central.

Me llevó un astronauta,
de eso sí estoy seguro,
quiso cargar una flauta
y me agarró en el apuro.

Alguna vez llegué lejos
en un viaje largo y suave
saltando con un conejo
o llevado por un ave.

Pero en esa travesía,
mezcla de azar y de gloria,
yo descubrí que sufría
de vértigo y claustrofobia.

Cuando abrieron la maleta,
huí por la escalinata,
me choqué con el planeta,
y el golpe casi me mata.

Puedo describir el mundo
bueno... era... ¡colorado!
(es que ser un trotamundos
me deja un poco cansado).

El cohete siguió vuelo
y yo abajo me quedé.
Lo miraba desde el suelo:
"¡Qué mala suerte!", pensé.

Estuve un tiempo acostado
hasta que sentí una mano.
De pronto vi que, parado
frente a mí, había un marciano.

II

Tal vez sea solo un invento
que una vez apareció
con su propio pensamiento.
¿Piensa otro o pienso yo?

No era verde, sino rojo
y de pequeña estatura.
Me estudió con unos ojos
como de peras maduras.

Seguramente pensó
que era un tipo de gusano,
¡a su boca me llevó!
Sentí el miedo muy cercano.

De repente percibí
un ruido fuerte y lejano.
"¡Quizás volvieron por mí!",
enseguida pensé en vano.

Pronto perdí la confianza
porque ese eco monstruoso
del marciano era la panza,
¡tenía más hambre que un oso!

De un bocado tragó entero
a este pobre servidor.
Su boca era un gran agujero
y yo su nuevo sabor.

Pero como soy valiente,
con mi mango me trabé
en uno de sus tres dientes,
entonces lo atraganté.

Escupió largo y tendido
hasta que, al fin, me expulsó.
Fuerte salí despedido,
la verdad, no me gustó.

Bañado en escupitajo
me encontré en el espacio.
Algo potente me atrajo,
ya no flotaba despacio.

No había tarde ni temprano,
solamente estar ahí.
¡Un agujero de gusano!
(¿tenía que llamarse así?).

No me gustan los agujeros,
ni cercanos ni remotos.
Los gusanos, ¡mucho menos!,
con los dos me siento roto.

Como en un abracadabra,
de pronto todo cambió.
Había un campo y una cabra
que, encima, me pisoteó.

"¡Volví a la Tierra!", pensé,
confieso, con gran contento,
cuando de alguien escuché
un dolorido lamento.

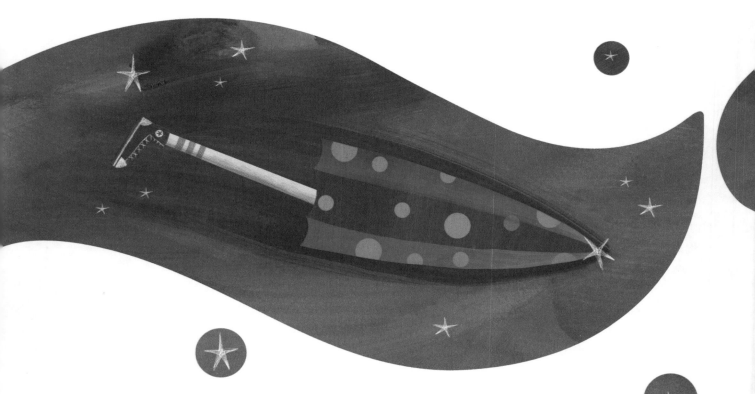

Todas las tormentas pasan,
tienen comienzo y final,
por el tiempo se desplazan,
¿de allí viene "temporal"?

III

Era una linda pastora
que, apoyada en su cayado,
exclamó: "¡En buena hora!,
¡hay un báculo olvidado!".

Por sus ropas pude ver
que había viajado al pasado.
Cuando comenzó a llover,
yo ya me había enamorado.

Pero aunque su corazón,
supe después, tenía dueño,
en sus manos fui un bastón
caminando sobre un sueño.

Me llevó a ver a una anciana
que vivía en la espesura
de un bosque con siete ranas,
dos gatos y una armadura.

En verdad, era una bruja
que, entre suspiro y suspiro,
no bien me mira, me estruja,
¡le hacía acordar a un vampiro!

Preparaba una poción,
un oloroso brebaje
(¡¿por qué en aquella ocasión
me escapé del equipaje?!).

Y con sus huesudas manos
casi mi tela destroza
(después de lo del marciano
soportaba cualquier cosa).

Esa armadura oxidada
caminaba y se reía,
pero adentro no había nada:
¡la lata estaba vacía!

Se acercó a la pastora
esperando con resguardo,
como quien pide o implora
la señal para ir al caldo.

Fue entonces que comprendí
que el ausente caballero
quería un cuerpo conseguir
para, así, estar entero.

La hechicera revolvía
cuando arreció un vendaval,
solo escuché que decía:
"¡Otra vez me salió mal!".

Nos levantó sin demora
a la armadura y a mí.
Volvió a llorar la pastora:
"¡Mi enamorado perdí!".

Pasamos un monasterio
donde el otro se cayó.
Atrás había un cementerio
a donde fui a parar yo.

¿Se sienten barcos las casas
cuando hasta el agua se mudan
si un huracán las arrasa?
Siempre me queda la duda.

Y la noche me encontró
sobre una tumba apoyado,
algo un poco me mojó,
aunque no estaba nublado.

Según la lápida, allí
un poeta descansaba,
entonces fue que advertí
que una lágrima rodaba.

Su fantasma usaba tinta
refulgente, gris plateada,
en una canción distinta,
reluciente, iluminada.

Una voz suave escuché:
"¡Ay, los amores perdidos!,
siempre al amor le canté,
deberían estar unidos.

De este modo solamente
completan un corazón".
Yo pensé: "¡Qué inteligente!
¡Tiene toda la razón!".

Me acordé de la pastora
y su triste sentimiento:
"Seguro que aún implora
por lo que se llevó el viento".

Para ver a la armadura
tenía que salir de viaje.
Era estar juntos, sin duda,
el mejor de los brebajes.

Sin embargo, no me fui,
nunca la salí a buscar
porque ella me encontró a mí
...es difícil de explicar...

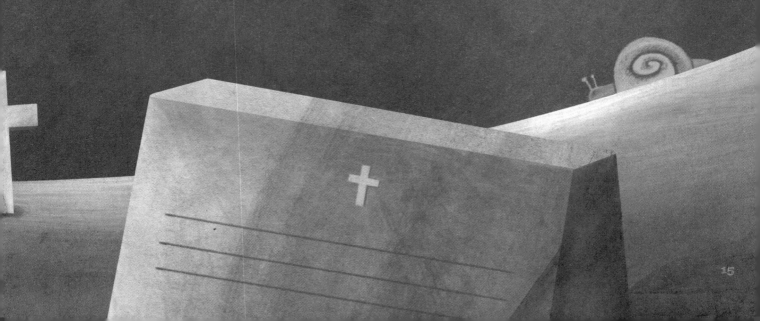

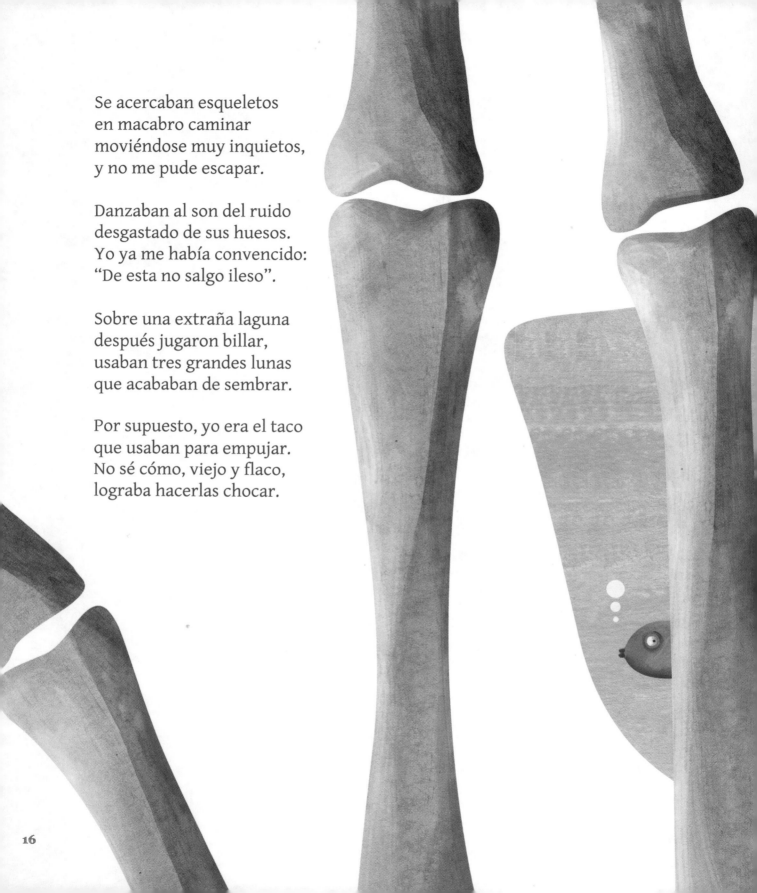

Se acercaban esqueletos
en macabro caminar
moviéndose muy inquietos,
y no me pude escapar.

Danzaban al son del ruido
desgastado de sus huesos.
Yo ya me había convencido:
"De esta no salgo ileso".

Sobre una extraña laguna
después jugaron billar,
usaban tres grandes lunas
que acababan de sembrar.

Por supuesto, yo era el taco
que usaban para empujar.
No sé cómo, viejo y flaco,
lograba hacerlas chocar.

¿Quién dibuja las estrellas
en el agua con su brillo?
¿Quién baila y baila con ellas?
¿Será el canto de los grillos?

V

Allá en el fondo del agua
pude ver que algunos peces
también llevaban paraguas,
lo constaté muchas veces.

Luego sentí que un metal
desplazaba a las falanges,
me dejé llevar igual
como náufrago en el Ganges.

Esa oxidada armadura
por fin me había rescatado.
¡Vaya a saber qué aventuras
había en su yelmo guardado!

En su mano fui una espada
luchando en la oscuridad.
Las calaveras rodaban
y se reían con maldad.

Gracias a la buena suerte
ahora lo puedo contar.
Repito, lo de la muerte
...es difícil de explicar...

Porque se hizo de día,
comenzó a amanecer.
¡Los muertos ya no reían
y se querían esconder!

De pronto solo quedamos
armadura y narrador.
Hacia el bosque caminamos
sintiendo el frío y el calor.

Como si fuera saeta
fue la dama hacia su amado,
que la canción del poeta
de seguro había escuchado.

Se miraron con ternura
y solo pude desear
convertirme en armadura
para estar en su lugar.

Alguien percibió mi ruego,
una ronca voz oí.
Fue la bruja, desde luego
(lo que dijo no entendí).

Mientras me abría y me cerraba
una cabra se acercó.
Con su trompa me olisqueaba
hasta que fuerte pateó.

Si el camello del desierto
guarda sus sueños de agua,
¿puedo yo soñar despierto
que soy lluvia y no paraguas?

20

VI

No sé qué ocurrió después,
tampoco sé lo primero.
El tiempo pasó al revés,
y me encontré en el agujero.

Quizás fue por el hechizo,
quizás fue por la patada.
Ya no importa quién lo hizo,
terminé en esa nada.

Del agujero de gusano
retrocedí hasta Marte,
al astronauta, a sus manos
y al cohete cuando parte.

Así es como llegué acá
para empezar otra historia.
Como dije tiempo atrás,
gira y gira mi memoria.

¡Un momento, escucho un trueno!,
¡quizás caiga un chaparrón!
O, tal vez, tan solo... bueno...
...tan solo pasó un avión.

¡Veo acercarse una mano!,
lo digo con alegría,
mientras no sea del marciano...
¿serás tú mi compañía?

Fin

LOS LIBROS Y LA NOCHE

Por las noches
los libros también sueñan,
de la tranquilidad ellos se adueñan
sin que se oigan quejas ni reproches.

Así, dormidos,
se van contando historias,
a muchas se las saben de memoria
y a otras las inventan de corrido.

Cuentos de hadas,
de brujas, de piratas,
mezclan a sus serpientes y sus ratas,
sus unicornios y sus nobles espadas,

con planetas lejanos,
con cohetes, con estrellas fugaces,
con cometas, astronautas audaces
y marcianos,

con osos, con conejos,
con ballenas, grandes leones,
rayas y tiburones,
perros y gatos jóvenes y viejos.

Es una fiesta
con comas y con puntos,
por eso muchas veces me pregunto:
¿alguna vez también dormirán siesta?

LOS MOTIVOS DEL LOBO

Que si soy muy orejudo
o tengo una gran nariz,
que si como un pollo crudo
o una simple codorniz.

Que mis dientes son muy feos,
puntiagudos y afilados,
que nunca limpio ni aseo,
que soy muy desordenado.

Que mis ojos son inmensos
y tienen un brillo extraño,
que a ver si algún día pienso
en lavarme o darme un baño.

Que mis uñas son muy largas,
que nunca jamás las corto,
que mi sonrisa es amarga,
que si algún día me comporto.

Y fue por esto que tuve
que tomar mi decisión.
Un ratito me contuve,
pero también soy glotón.

La abuela y Caperucita
ya me tenían muy cansado.
A cualquiera esto lo irrita,
¡me las comí de un bocado!

PLUTÓN DISCRIMINADO

¿A quién se le habrá ocurrido
llamarme planeta enano?
Si no estoy muy confundido
¡eso rima con Urano!

Con Mercurio no se meten,
ni con Venus ni con Marte.
Yo pedí que me respeten
y me dejaron aparte.

Por cuestión de economía,
hace apenas unos años,
cambiaron la astronomía
por asuntos de tamaño.

A Júpiter y Saturno,
cuando los expertos manden,
quizás les llegue su turno
por ser demasiado grandes.

O tal vez por ser gaseosos
o por lucir sus anillos,
no importa que sean hermosos,
rojos, verdes o amarillos.

Con mi vecino Neptuno
solíamos comentar
que pronto habrá solo uno
en el Sistema Solar.

Porque aunque la Tierra es bella
y su Luna es adorable,
sus pretensiones de estrella
ya se hacen insoportables.

Manías de contar de menos,
de adelante para atrás.
Yo no sé por qué tendemos
a nunca contar de más.

En lo que al Sol le concierne,
brillando muy enojado,
me explicó que no comprende
por qué me han degradado.

Pero lo dijo un cometa,
yo seré enano y muy frío,
pero planeta, planeta,
y de los sabios me río.

SI LA LUNA

Si la Luna se va de vacaciones,
¿qué será de las mareas y los mares?
¿A quién más dedicarán canciones?
¿Cómo se nombrará a los lunares?

¿Quién iluminará a los animales
y escuchará de lobos los aullidos?
¿Cómo podrán las naves espaciales
adivinar su nuevo recorrido?

Por eso es que propongo que a la Luna,
brillante centro de todas las miradas,
se le diga que, como es solo una,
¡tiene las vacaciones denegadas!

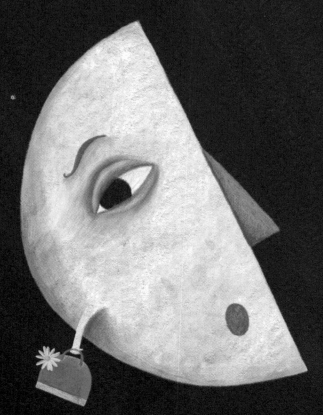

¿QUIÉN MIRA?

Un burro se asoma a un pozo,
en el agua otro aparece.
Se mueve y está borroso,
pero los dos se parecen.

A uno se lo ve sonriente,
el otro sonríe también.
¿Podrá alguna vez la gente
decirme quién mira a quién?

POESÍA
INCOMPLETA

"¿Alguien me *ayu*?
—dijo el ñandú—.
Perdí mis *plu*,
¿las tienes tú?".

"Yo no las *ten*,
me fijé bien,
hasta en la *tien*
de no sé quién"

—dijo un *vecin*
con un budín
que en su *cocin*
comía sin fin.

Pero un *coyo*
justo pasó
y se *impresio*
con lo que vio.

"Había una *ra*
que con presteza
en su *venta*
hacía limpieza".

30

Dijo *since*:
"Yo creo que
en su *plume*
las encontré.

Tanta *agili*
yo nunca vi,
con esa *pri*
limpiar así".

Pero el *plume*,
con rapidez,
a hacer *limpie*
lejos se fue.

Y a ver sus *plu*
corrió el ñandú
todo *desnu*
diciendo: "¡Achús!".

HOMBRE LOBO

En una noche
de luna llena,
el hombre lobo
tenía una cena.

Había guardado
la invitación
en un bolsillo
del pantalón.

Allí decía,
en forma escueta,
que se debía
ir de etiqueta.

Él, como era
muy cumplidor,
compró galeras
al por mayor.

Se probó todas
y, al mirar fijo,
notó su pelo
muy desprolijo.

Por eso, pronto
fue al peluquero:
un perro tonto,
pero sincero.

Le pidió algo
bien diferente
con un aullido
más que estridente.

Y fue así como,
muy bien cortado,
su pelo lacio
quedó enrulado.

En la comida
fue sensación
pues le ofrecieron
gran promoción.

Y retrataron
en mil afiches
al primer hombre
lobo-caniche.

Me enteré de una leyenda
que hablaba sobre un dragón
y espero que la comprendan
poniendo mucha atención.

Era un valiente bombero,
pero en más de una ocasión,
en vez de apagar el fuego,
aumentó su combustión.

Le causaba mucha pena
ejercer su vocación,
ya que tenía un gran problema
cual volcán en erupción.

Cuando estaba en plena acción,
si las llamas eran pocas,
aparecían un montón
cada vez que abría la boca.

Hasta que tuvo una idea
que fue realmente brillante,
cuando, una tarde cualquiera,
dejó de comer picante.

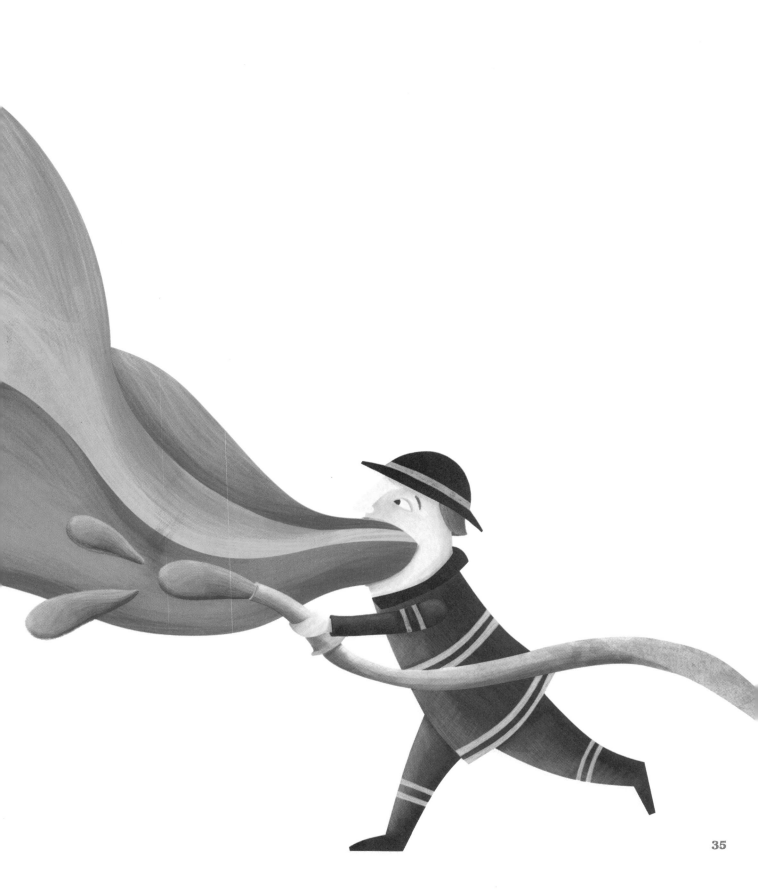

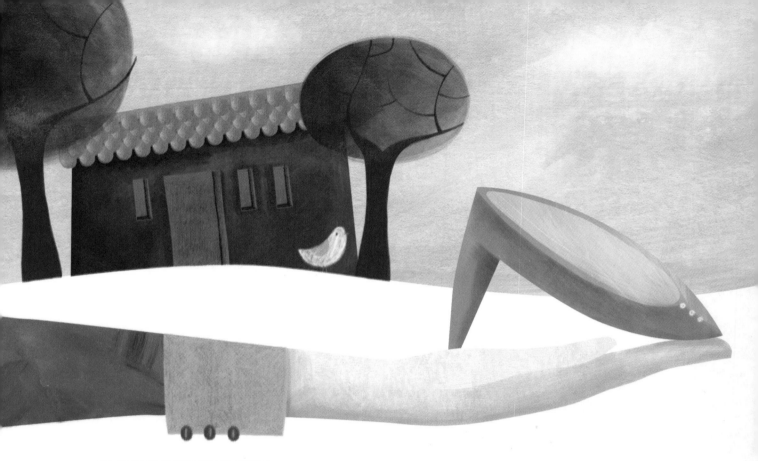

POLVORIENTA

Yo me llamo Polvorienta,
soy prima de Cenicienta.
Y una mañana cualquiera,
alguien llamó a mi tapera.

Me preguntó si tenía
dos ratones y un zapallo.
Le dije que poseía
una gallina y un gallo.

Me miró frunciendo el ceño
y me mostró un zapatito,
realmente era muy pequeño,
diminuto, chiquitito.

Dijo que si me calzaba
me convertiría en consorte
de un príncipe que me amaba
y que viviría en la corte.

Le dije: "¿Cómo?, ¿qué cosa?,
¡¿que me quieres por esposa?!,
¡sabes que yo no me caso
ni aunque me aten con un lazo!".

"¡Vamos, no te hagas la osa!
—me respondió sorprendido—.
Podrías dejar esta choza
y tener un buen vestido".

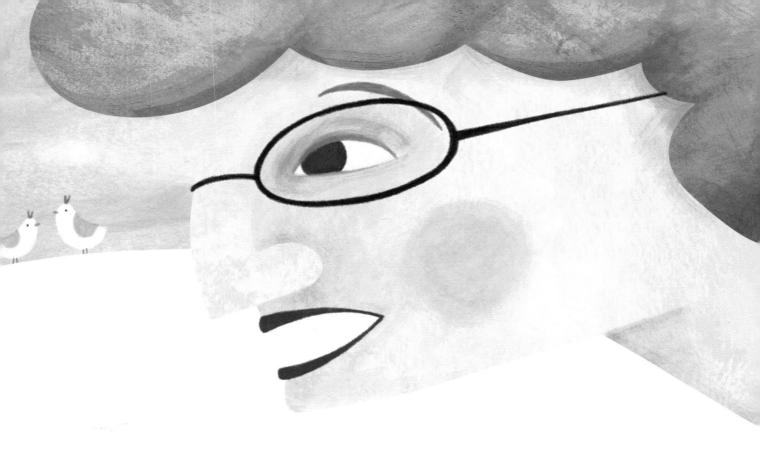

Ahí nomás me arremangué,
acomodé mis anteojos
y, entre gritos, pregunté,
sin disimular mi enojo:

"¿Por qué tengo que cambiar?,
y ¿por qué no cambia él?
Yo no me quiero mudar
ni andar en noble corcel".

"Pero ¿no te contó el hada
del zapato de cristal?".
"Nadie a mí me dijo nada
y este asunto me da igual".

"Te hablo del hada madrina
que te cumple lo deseado".
"Yo me vuelvo a la cocina
porque ya está el estofado".

Ahí lo invité a comer
y, entre bocado y bocado,
pude en su cara entrever
que yo le había gustado.

Y otro guiso preparé,
tenía muy buen apetito,
¡y al final me enamoré
del que trajo el zapatito!

37

MOCOSOS

Somos verdes,
repugnantes,
pegajosos
y rodantes.
Malolientes,
movedizos,
transparentes
y macizos.
Como si esto
fuera poco,
¡qué bueno es
llamarse *mocos*!
Entonces,
¿por qué el espanto?
¡Si somos
todo un encanto!

LA HEBILLA

Una mariposa rosa
compra una hebilla amarilla
y se la pone en un ala,
pero de allí se resbala.

"¡Prueba en una patita!",
le grita la margarita,
pero le aprieta y le duele
aunque vuele, vuele y vuele.

Y mientras vuela, se aleja
y se cruza con la abeja,
que le dio una idea muy buena:
"¡Abróchala en una antena!".

Por eso ahora, despacio,
se mueve por el espacio:
para que vean cómo brilla
su nueva y chispeante hebilla.

LA PULPERÍA

Hoy yo les quiero contar,
hoy yo les quiero contar
la razón de mi alegría.
Es que acabo de comprar
una hermosa pulpería.

El gaucho que la vendió,
el gaucho que la vendió
se quedó muy sorprendido,
pues pensó cuando me vio
que yo me había confundido.

A algunos otros clientes,
a algunos otros clientes,
por estar tan asombrados,
se les cayeron los dientes
y se quedaron pasmados.

Porque aparte de bizcochos,
porque aparte de bizcochos,
preparo *sushi* y no miento,
ya que mis brazos son ocho
y están siempre en movimiento.

Y entiendo que alguien se ría,
y entiendo que alguien se ría,
sepan que yo no lo culpo,
porque en esta pulpería
¡el que atiende es un pulpo!

PULPERÍA

SEGISMUNDO,
EL PERRO VAGABUNDO

I

Segismundo era un perro vagabundo
que quería ser un perro aventurero
porque, una vez, le contó un ovejero
que había viajado en tren por todo el mundo.

Por eso decidió, un día de viento,
mientras iba corriendo en el andén,
que era hora de, al fin, tomar el tren,
y así esperó, ladrando muy contento.

La gente lo miró, sobresaltada,
cuando el tren se detuvo en la estación,
él subió y, sentado en un rincón,
puso cara de "no estoy haciendo nada".

Algunos le tocaban la cabeza
haciendo, casi siempre, una sonrisa.
Y otros más se movían con tanta prisa
que, a veces, lo empujaban con torpeza.

Y así viajó, muy quieto, por un rato,
durmiendo con su cola enroscada
tratando de esquivar las pisadas
que le podían dar tantos zapatos.

De pronto, un sacudón lo despertó;
el tren se había parado bruscamente
y, aunque no había señales de la gente,
puso cara de "¡yo no sé qué pasó!".

II

Despacio, muy despacio, abrió sus puertas
rechinando el antiguo vagón.
Y él salió, jadeante, a la estación
mirando todo con su boca entreabierta.

Porque, de golpe, encontró otro paisaje,
un valle, unas montañas y hasta un río
y, sintiendo en su cuerpo algo de frío,
recordó que no tenía equipaje.

Así, temeroso y sorprendido,
quedó solo en el medio de la noche
y, esperando oír el ruido de algún coche,
puso cara de "creo que estoy perdido".

Olfateó el lugar, todo era extraño,
asombrado y con ganas de jugar,
no había nadie a quien pudiera salpicar
si quería con sus pulgas darse un baño.

Silencioso estaba el vecindario
cuando escuchó a otro perro ladrar.
Y el tren a la estación volvió a llegar
como cualquiera que cumple con su horario.

Entonces fue que algo lo estremeció,
sus ojos se entreabrieron lentamente,
y, viéndose en el tren nuevamente,
puso cara de "el sueño terminó".

III

Y al encontrarse con el ovejero
le describió los picos nevados,
diciendo que había estado en muchos lados,
como lo hubiera hecho algún viajero.

Los dos allí pronto se dieron cuenta
de que sus sueños habían compartido,
aunque a ninguna parte hubiesen ido,
contando historias como quien las inventa.

Y haciéndose un guiño con las miradas
decidieron, ahí nomás, que estaba bien
salir de viaje durmiendo en algún tren
poniendo cara de "soñar no cuesta nada".

ÍNDICE